Collection rose

…Y PRUDHOMME

Jeunes Filles et Femmes

PARIS

LIBRAIRIE A. LEMERRE

Jeunes Filles
et Femmes

Petite Collection rose

SULLY PRUDHOMME

Jeunes Filles et Femmes

PARIS
LIBRAIRIE A. LEMERRE

SULLY PRUDHOMME

(1839-1907)

Né en 1839, Armand Sully Prudhomme appartient par ses origines à la ville de Lyon.

Peu de poètes ont réalisé cette parfaite harmonie entre leur existence et leur œuvre, qui faisait tout ensemble le charme et la gravité de son art. Écrivain et penseur d'une conscience scrupuleuse et délicate, il a publié des vers nuancés d'une grâce exquise et rappelant les poètes anciens par leur portée philosophique. Au nombre de ses volumes les plus célèbres, il faut citer : Stances et Poèmes, *où les jeunes filles et les femmes reconnaîtront les traits par lesquels elles méritent de retenir une âme pure ;*

les Épreuves, les Solitudes *et* les Vaines Tendresses, *où les jeunes hommes retrouveront l'histoire de leurs peines intimes, de leurs espérances et l'appel d'une mélancolie virile; les sonnets sur la France, tracés au lendemain de 1870 par une main qui ne tremblait pas;* la Justice, le Prisme, *et* le Bonheur *où les hommes assisteront au conflit de la pensée humaine et du tourment divin. Enfin* Épaves, *livre posthume qui complète toute sa vie, etc., etc.*

Livrée à sa propre vertu, cette grande âme s'élargissait dans le recueillement et se découvrait à elle-même dans la beauté du mal d'aimer ou dans la recherche de l'inconnu. Sully Prudhomme savait dégager du sentiment par lequel on souffre et par lequel on vit, l'essence qui doit en durer, comme si, par sa propre épreuve, il avait épuisé le secret de la douleur.

Sully Prudhomme est mort à Paris le 7 septembre 1907. Il s'en est allé avec le stoïcisme de son cœur et comme le martyr patient et tendre de son inspiration.

A ma Sœur

Ces vers que toi seule aurais lus,
L'œil des indifférents les tente ;
Sans gagner un ami de plus
J'ai donc trahi ma confidente.

Enfant, je t'ai dit qui j'aimais,
Tu sais le nom de la première ;
Sa grâce ne mourra jamais
Dans mes yeux qu'avec la lumière.

Ah! si les jeunes gens sont fous,
Leur enthousiasme s'expie;
On se meurtrit bien les genoux
Quand on veut saluer la vie.

J'ai cru dissiper cet amour :
Voici qu'il retombe en rosée,
Et je sens son muet retour
Où chaque larme s'est posée.

Le meilleur moment des amours...

Le meilleur moment des amours
N'est pas quand on a dit : « Je t'aime. »
Il est dans le silence même
A demi rompu tous les jours;

Il est dans les intelligences
Promptes et furtives des cœurs;
Il est dans les feintes rigueurs
Et les secrètes indulgences;

Il est dans le frisson du bras
Où se pose la main qui tremble,
Dans la page qu'on tourne ensemble
Et que pourtant on ne lit pas.

Heure unique où la bouche close
Par sa pudeur seule en dit tant;
Où le cœur s'ouvre en éclatant
Tout bas, comme un bouton de rose;

Où le parfum seul des cheveux
Parait une faveur conquise!
Heure de la tendresse exquise
Où les respects sont des aveux.

Ma Fiancée

L'épouse, la compagne à mon cœur destinée,
Promise à mon jeune tourment,
Je ne la connais pas, mais je sais qu'elle est née ;
Elle respire en ce moment.

Son âge et ses devoirs lui font la vie étroite ;
Sa chambre est un frais petit coin ;
Elle y prend sa leçon, bien soumise et bien droite,
Et sa mère n'est jamais loin.

Ma mère, parlez-lui du bon Dieu, de la Vierge
Et des saints tant qu'il lui plaira;
Oui, rendez-la timide, et qu'elle brûle un cierge
Quand le tonnerre grondera.

Je veux, entendez-vous, qu'elle soit grave et tendre,
Qu'elle chérisse, qu'elle ait peur;
Je veux que tout mon sang me serve à la défendre,
A la caresser tout mon cœur.

Déjà dans l'inconnu je t'épouse et je t'aime,
Tu m'appartiens dès le passé,
Fiancée invisible et dont j'ignore même
Le nom sans cesse prononcé.

A défaut de mes yeux, mon rêve te regarde,
Je te soigne et te sers tout bas :
« Que veux-tu? Le voici. Couvre-toi bien, prends garde
Au vent du soir, et ne sors pas. »

Pour te sentir à moi je fais un peu le maître,
Et je te gronde avec amour;
Mais j'essuie aussitôt les pleurs que j'ai fait naître,
Implorant ma grâce à mon tour.

Tu t'assiéras, l'été, bien loin, dans la campagne,
En robe claire, au bord de l'eau.
Qu'il est bon d'emporter sa nouvelle compagne
Tout seul dans un pays nouveau!

Et dire que ma vie est cependant déserte,
Que mon bonheur peut aujourd'hui
Passer tout près de moi dans la foule entr'ouverte
Qui se refermera sur lui,

Et que déjà peut-être elle m'est apparue,
Et j'ai dit : « La jolie enfant! »
Peut-être suivons-nous toujours la même rue,
Elle derrière et moi devant.

Nous pourrons nous croiser en un point de l'espace,
Sans nous sourire, bien longtemps,
Puisqu'on n'oserait dire à la vierge qui passe :
« Vous êtes celle que j'attends. »

Un jour, mais je sais trop ce que l'épreuve en coûte,
J'ai cru la voir sur mon chemin,
Et j'ai dit : « C'est bien vous. » Je me trompais sans doute,
Car elle a retiré sa main.

Depuis lors, je me tais ; mon âme solitaire
Confie au Dieu qui sait unir
Par les souffles du ciel les plantes sur la terre
Notre union dans l'avenir.

A moins que, me privant de la jamais connaître,
La mort déjà n'ait emporté
Ma femme encore enfant, toi qui naissais pour l'être
Et ne l'auras jamais été.

Séparation

Je ne devais pas vous le dire ;
Mes pleurs, plus forts que la vertu,
Mouillant mon douloureux sourire,
Sont allés sur vos mains écrire
L'aveu brulant que j'avais tu.

Danser, babiller, rire ensemble,
Ces jeux ne nous sont plus permis :
Vous rougissez, et moi je tremble ;
Je ne sais ce qui nous rassemble,
Mais nous ne sommes plus amis.

Disposez de nous, voici l'heure
Où je ne puis vous parler bas
Sans que l'amitié change ou meure :
Oh ! dites-moi qu'elle demeure,
Je sens qu'elle ne suffit pas.

Si le langage involontaire
De mes larmes vous a déplu,
Eh bien, suivons chacun sur terre
Notre sentier : moi, solitaire,
Vous, heureuse, au bras de l'élu.

Je voyais nos deux cœurs éclore
Comme un couple d'oiseaux chantants
Éveillés par la même aurore,
Ils n'ont pas pris leur vol encore :
Séparons-les, il en est temps ;

Séparons-les à leur naissance,
De crainte qu'un jour à venir,
Malheureux d'une longue absence,
Ils n'aillent dans le vide immense
Se chercher sans pouvoir s'unir.

Les Adieux

LES JEUNES FILLES.

Amis, amis, nous voilà grandes ;
Nos jours ont changé de saison.
Allez préparer vos offrandes,
Allez suspendre les guirlandes
A la porte de la maison.

Elle a sonné, l'heure fatale
Qu'on tremblait de voir approcher ;
Des fleurs que la prairie étale
Semez la route triomphale
Où l'hymen en blanc va marcher.

LES JEUNES GENS.

Quelle solitude est la nôtre !
Ou dans les bras de l'homme, ou dans les bras de Dieu,
Nos compagnes, hélas ! tombent l'une après l'autre.
Adieu !...

Un soir s'en va l'enfant aimée :
Sa vie en s'éteignant nous laisse un corps tout froid,
Comme d'un cierge pur la flamme parfumée
Décroît...

Un matin c'est une épousée :
Elle marche à l'autel, l'œil baissé mais vainqueur ;
Aux lèvres va fleurir la joie ensemencée
Au cœur !

Qu'êtes-vous, vierges de la veille ?
Ange ? épouse ? pour vous quel est le meilleur sort ?
Plus d'une ombre en passant nous répond à l'oreille :
« La mort... »

LES JEUNES FILLES.

Pourquoi cette parole amère?
Pourquoi ces pleurs dans vos adieux?
La fille imite enfin sa mère;
Mais l'amitié reste sincère,
Bien qu'elle ait dû baisser les yeux.

Cherchez autour de vous laquelle
N'a pas reçu son maître un jour.
Le cœur se fixe où Dieu l'appelle;
Mais l'amitié reste fidèle,
Bien que le cœur ait un amour.

LES JEUNES GENS.

Ah! vous nous oublierez avant demain sans doute!
Vierges, notre jeunesse est la rosée au vent :
Elle tombe avec vous de nos cœurs goutte à goutte;
Une seule en partant peut nous l'emporter toute
Et n'en sait rien le plus souvent.

Hélas! où voulez-vous que nous posions nos âmes,
Si vous changez de ciel, ô fleurs de la maison?
Que peuvent les vieillards, dispensateurs des blâmes,
Qui versent à toute heure et sur toutes nos flammes
Comme une neige la raison?

Que peuvent nos amis, ceux que l'orgie entraîne,
De nos soupirs cachés insouciants moqueurs?
Ou ceux qui, délaissés, ressentent notre peine?
Que peuvent-ils pour nous? La gloire serait vaine
A vous supplanter dans nos cœurs!

LES JEUNES FILLES.

Chacune de nous est l'aînée
Des sœurs qui la supplanteront;
Notre fleur d'oranger ne sera pas fanée
Avant que leur seizième année
Ne la demande pour leur front.

Leurs jeux nous font encore envie,
Ils vont nous être défendus;
A de graves devoirs doucement asservie,
S'éloigne de vous notre vie;
Peut-être ne rirons-nous plus...

LES JEUNES GENS.

Puisque l'âge est passé des gaités familières,
Que la pudeur craintive a touché vos paupières
Et qu'on vous prend la main pour l'offrir à l'époux,
Puisque l'âge est passé des gaités familières,
Mariez-vous.

-

Puisque Dieu lentement disperse les familles,
Ravit aux jeunes gens l'amour des jeunes filles
Et nous laisse gémir dans un ennui jaloux,
Puisque Dieu lentement disperse les familles,
Mariez-vous.

Nous sommes des enfants, on vous promet des hommes,
D'un prospère foyer protecteurs économes,
Peut-être moins aimants, mais plus sages que nous;
Nous sommes des enfants, on vous promet des hommes;
Mariez-vous.

LES JEUNES FILLES.

Amis, votre âme n'est que tendre;
Rendez-la forte pour attendre,
Pensez beaucoup et rêvez moins,
La vierge ne peut vous entendre;
Portez à la vertu vos soins.

Vouez à quelque objet suprême
Un feu plus grand que l'amour même;
Luttez pour devenir plus tôt
Des fiancés comme on les aime
Et des hommes comme il en faut.

Je ne dois plus...

Je ne dois plus la voir jamais,
Mais je vais voir souvent sa mère;
C'est ma joie, et c'est la dernière,
De respirer où je l'aimais.

Je goûte un peu de sa présence
Dans l'air que sa voix ébranla;
Il me semble que parler là,
C'est parler d'elle à qui je pense.

Nulle autre chose que ses traits
N'y fixait mon regard avide;
Mais, depuis que sa chambre est vide,
Que de trésors j'y baiserais !

Le miroir, le livre, l'aiguille,
Et le bénitier près du lit...
Un sommeil léger te remplit,
O chambre de la jeune fille !

Quand je regarde bien ces lieux,
Nous y sommes encore ensemble;
Sa mère parfois lui ressemble
A m'arracher les pleurs des yeux.

Peut-être la croyez-vous morte?
Non. Le jour où j'ai pris son deuil,
Je n'ai vu de loin ni cercueil
Ni drap tendu devant sa porte.

Il y a longtemps

Vous me donniez le bras, nous causions seuls tous deux,
Et les cœurs de vingt ans se font signe bien vite ;
J'en suis encore ému, fille blonde aux yeux bleus,
Mais vous souviendrez-vous de ma courte visite ?

Hélas ! se souvient-on d'un souffle parasite
Qui n'a fait que passer pour baiser les cheveux,
Du flot où l'on se mire, et de la marguerite
Confidente éphémère où s'effeuillent les vœux ?

Une image en mon cœur peut périr effacée,
Mais non pas tout entière ; elle y devient pensée.
Je garde la douceur de vos traits disparus.

Que je me suis souvent éloigné, l'œil humide,
Avec l'adieu glacé d'une vierge timide
Que je chéris toujours et ne reverrai plus !

Ressemblance

Vous désirez savoir de moi
D'où me vient pour vous ma tendresse ;
Je vous aime, voici pourquoi :
Vous ressemblez à ma jeunesse.

Vos yeux noirs sont mouillés souvent
Par l'espérance et la tristesse,
Et vous allez toujours rêvant :
Vous ressemblez à ma jeunesse.

Votre tête est de marbre pur,
Faite pour le ciel de la Grèce
Où la blancheur luit dans l'azur :
Vous ressemblez à ma jeunesse.

Je vous tends chaque jour la main,
Vous offrant l'amour qui m'oppresse ;
Mais vous passez votre chemin...
Vous ressemblez à ma jeunesse.

Jours lointains

Nous recevions sa visite assidue ;
J'étais enfant. Jours lointains ! Depuis lors
La porte est close et la maison vendue :
Les foyers vendus sont des morts.

Quand j'entendais son pas de demoiselle,
Adieu mes jeux ! Courant sur son chemin,
J'allais, les yeux levés tout grands vers elle,
Glisser ma tête sous sa main.

Et quelle joie inquiète et profonde
Si je sentais une caresse au front!
Cette main-là, pas de lèvres au monde
En douceur ne l'égaleront.

Je me souviens de mes tendresses vagues,
Des aveux fous que je jurais d'oser,
Lorsque, tout bas, rien qu'aux chatons des bagues
Je risquais un fuyant baiser.

Elle a passé, bouclant ma chevelure,
Prenant ma vie; et, comme inoccupés,
Ses doigts m'ont fait une horrible brûlure,
Par l'âge de mon cœur trompés.

Comme l'aurore étonne la prunelle,
L'éveille à peine, et c'est déjà le jour :
Ainsi la grâce au cœur naissant nouvelle
L'émeut, et c'est déjà l'amour.

En Deuil

C'est en deuil surtout que je l'aime.
Le noir sied à son front poli,
Et par ce front le chagrin même
Est embelli.

Comme l'ombre le deuil m'attire,
Et c'est mon goût de préférer,
Pour amie, à qui sait sourire
Qui peut pleurer.

J'aime les lèvres en prière ;
J'aime à voir couler les trésors
D'une longue et tendre paupière
Fidèle aux morts.

Vierge, heureux qui sort de la vie
Embaumé de tes pleurs pieux ;
Mais plus heureux qui les essuie :
Il a tes yeux !

A une belle Enfant

Quand les heures pour vous prolongeant la sieste,
Toutes, d'un vol égal et d'un front différent,
Sur vos yeux demi-clos qu'elles vont effleurant,
Bercent de leurs pieds frais l'oisiveté céleste,

Elles marchent pour nous, et leur bande au pied leste,
Dans le premier repos, dès l'aube, nous surprend,
Pousse du pied les vieux et les jeunes du geste,
Sur les coureurs tombés passe comme un torrent;

Esclaves surmenés des heures trop rapides,
Nous mourrons n'ayant fait que nous donner des rides,
Car le beau sous nos fronts demeure inexprimé.

Mais vous, votre art consiste à vous laisser éclore,
Vous qui même en dormant accomplissez encore
Votre beauté, chef-d'œuvre ignorant, mais aimé.

Fleur sans Soleil

Ce qui peut la guérir, cette enfant le repousse.
« Oui, je l'aime, et j'en souffre, et ma douleur m'est douce,
Dit-elle, et j'en veux bien mourir.
Sa voix me donne au cœur une vive secousse.
Mais j'en tressaille avec plaisir.

« Son pas est différent du pas des autres hommes,
Et si j'entends ce bruit près des lieux où nous sommes,
Ma mère, je rougis d'émoi;
Quand tu parles de lui, quand surtout tu le nommes,
Je baisse les yeux malgré moi.

« S'il connaissait le peu qui me rendrait heureuse,
S'il daignait embellir la tombe qu'il me creuse
D'une fleur de son amitié !
Mais il croit que son âme est assez généreuse
En m'honorant de sa pitié. »

Et sa mère, qui voit sa langueur maladive,
Sa paupière où sans cesse un pleur furtif arrive,
Lui dit tout bas en la priant :
« Viens, quel plaisir veux-tu ? veux-tu que je te suive
Sous un nouveau ciel plus riant ?

— Mon plaisir et mon ciel, mère, c'est ma pensée.
Son image en mon cœur doucement caressée,
Voilà mon plaisir aujourd'hui ! »
Et la mère murmure : « Insensée, insensée,
Tu ne seras jamais à lui. »

Ah ! si jamais des pleurs dont je fusse la cause
Tombaient de tes yeux bleus sur ta poitrine rose,
Jeune fille au naïf tourment ;
Si ta main qui se donne et sur ton cœur se pose
Pour moi sentait un battement ;

Si dans ton âme pure où Dieu seul et ta mère
Gravent leurs noms bénis ; si dans ce sanctuaire
Mon image aussi pénétrait,
Et si tu restais là rêveuse et solitaire
Pour en évoquer chaque trait ;

Si je tenais si bien ta pensée asservie
Qu'un beau voyage au loin ne te fit point envie,
Qu'un autre ciel ne te plût pas,
Et que l'air et le sol n'eussent pour toi de vie
Que par ma voix et par mes pas,

Je te saurais aimer, toi dont l'âme ressemble
A la fleur qui dans l'ombre et se replie et tremble
Et meurt sans le baiser du jour ;
« Viens, te dirais-je, viens, soyons heureux ensemble,
Je t'adore pour ton amour. »

Consolation

Une enfant de seize ans, belle, et qui, toute franche,
Ouvrant ses yeux, ouvrant son cœur,
S'est inclinée un jour comme une fleur se penche,
Agonisante deux fois blanche
Par l'innocence et la langueur.

Ne parlez plus du monde à sa mère atterrée :
Ce qui n'est pas noir lui déplaît ;
Ah ! l'immense douleur que son amour lui crée
N'est-elle pas aussi sacrée
Qu'un seuil de tombe où l'on se tait ?

Vouloir la détourner de son culte à la morte,
C'est toujours l'en entretenir,
Et la vertu des mots ne peut être assez forte
Pour que leur souffle vide emporte
Le plomb fixe du souvenir.

Mais surtout cachez-lui l'âge de votre fille,
Ses premiers hivers triomphants
Au bal, où chaque mère a sa perle qui brille,
Printemps des nuits où la famille
Fête la beauté des enfants.

Ne soyez, en lavant sa blessure cruelle,
Ni le flatteur des longs regrets,
Ni le froid raisonneur dont l'amitié querelle,
Ni l'avocat de Dieu contre elle
Qui saigne encor de ses décrets.

Mais soyez un écho dans une solitude,
Toujours présent, toujours voilé;
Faites de sa souffrance une invisible étude,
Et si le jour lui semble rude
Montrez-lui le soir étoilé.

La nature à son tour par d'invisibles charmes
Forcera la peine au sommeil;
Un jour on offre aux morts des fleurs au lieu de larmes.
Que de désespoirs tu désarmes,
Silencieux et fort soleil!

Vous ne distrairez pas les malheureuses mères,
Tant qu'elles pleurent leurs enfants;
Les discours ni le bruit ne les soulagent guères ;
Recueillez leurs larmes amères,
Aidez leurs soupirs étouffants :

Il faut que la douleur par les sanglots brisée
Se divise un peu chaque jour,
Et dans les libres pleurs, dissolvante rosée,
Sur le tombeau qui l'a causée
S'épuise par un lent retour.

Alors le désespoir devient tristesse et plie,
Le cœur moins serré s'ouvre un peu;
Ce nœud qui l'étreignait doucement se délie,
Et l'âme retombe affaiblie,
Mais plus sage et sereine en Dieu.

La douleur se repose, et d'étape en étape
S'éloigne, et, prête à s'envoler,
Hésite au bord du cœur, lève l'aile et s'échappe ;
Le cœur s'indigne... Dieu qui frappe
Use du droit de consoler.

Mal ensevelie

Quand votre bien-aimée est morte,
Les adieux vous sont rendus courts ;
Sa paupière est close, on l'emporte,
Elle a disparu pour toujours.

Mais je la vois, ma bien-aimée,
Qui sourit sans m'appartenir,
Comme une ombre plus animée,
Plus présente qu'un souvenir !

Et je la perds toute ma vie
En d'inépuisables adieux...
O morte mal ensevelie,
Ils ne t'ont pas fermé les yeux !

Qui peut dire...

Qui peut dire : « Mes yeux ont oublié l'aurore »?
Qui peut dire : « C'est fait de mon premier amour » ?
Quel vieillard le dira si son cœur bat encore,
S'il entend, s'il respire et voit encor le jour?

Est-ce qu'au fond des yeux ne reste pas l'empreinte
Des premiers traits chéris qui les ont fait pleurer?
Est-ce qu'au fond du cœur n'ont pas dû demeurer
La marque et la chaleur de la première étreinte?

Quand aux feux du soleil a succédé la nuit,
Toujours au même endroit du vaste et sombre voile
Une invisible main fixe la même étoile
Qui se lève sur nous silencieuse et luit...

Telles je sens au cœur, quand tous les bruits du monde
Me laissent triste et seul après m'avoir lassé,
La présence éternelle et la douceur profonde
De mon premier amour que j'avais cru passé.

La Femme

Le premier homme est né, mais il est solitaire.
Il se sent l'âme triste en contemplant la terre :
« Pourquoi tant de trésors épars de tous côtés,
Si je ne peux, dit-il, étreindre ces beautés?
Ni les arbres mouvants, ni les vapeurs qui courent,
Je ne puis rien saisir des objets qui m'entourent ;
Ils sont autres que moi, je ne les puis aimer,
Et j'en aimerais un que je ne sais nommer. »
Il demande un regard à l'aurore sereine,
Aux lèvres de la rose il demande une haleine,

Une caresse aux vents, et de plus tendres sons
Aux murmures légers qui montent des buissons;
Des grappes de lilas qu'un vol d'oiseau secoue
Il sent avec plaisir la fleur toucher sa joue,
Et, tourmenté d'un mal qu'il ne peut apaiser,
Il cherche vaguement le bienfait du baiser.
Mais un jour, à ses yeux, la nature féconde
De toutes les beautés qu'il admirait au monde
Fit un bouquet vivant, de jeunesse embaumé.
« O femme, viens à moi, s'écria-t-il charmé.
Femme, Dieu n'eût rien fait s'il n'eût fait que la rose;
La rose prend un souffle et ta bouche est éclose;
Dieu de tous les rayons dispersés dans les cieux
Concentre les plus doux pour animer tes yeux.
Avec l'or de la plaine et le lustre de l'onde
Il fait ta chevelure étincelante et blonde.
Il forme de ton front la paix et la splendeur
Avec un lis nouveau qu'il a nommé candeur,
Et du frémissement des feuilles remuées,
Du caprice des flots et du vol des nuées,
De tout ce que la grâce a d'heureux mouvement
Il forme ta caresse et ton sourire aimant;

Il choisit dans les fleurs les couleurs les plus belles
Pour en orner ton corps mobile et frais comme elles,
Et la terre n'a rien, ni l'onde, ni l'azur,
Qu'on ne possède en toi plus brillant et plus pur.

Si j'étais Dieu...

Si j'étais Dieu, la mort serait sans proie,
Les hommes seraient bons, j'abolirais l'adieu,
Et nous ne verserions que des larmes de joie,
Si j'étais Dieu.

Si j'étais Dieu, de beaux fruits sans écorces
Mûriraient, le travail ne serait plus qu'un jeu,
Car nous n'agirions plus que pour sentir nos forces,
Si j'étais Dieu.

Si j'étais Dieu, pour toi, celle que j'aime,
Je déploierais un ciel toujours frais, toujours bleu,
Mais je te laisserais, ô mon ange, la même,
Si j'étais Dieu.

Les voici

Son heureux fiancé l'attend; moi je me cache.
Elle vient; je l'épie, en murmurant tout bas
Ce reproche, le seul que son oubli m'arrache :
— Vous ne m'aimiez donc pas?

Les voici tous les deux : ils vont l'un près de l'autre,
Ils se froissent les doigts en cueillant des lilas.
— Vous oubliez le jour où ma main prit la vôtre :
Vous ne m'aimiez donc pas?

Heureuse elle rougit, et le jeune homme tremble,
Et la douceur du rêve a ralenti leur pas.
— Vous oubliez le jour où nous errions ensemble ;
Vous ne m'aimiez donc pas?

Il s'est penché sur elle en murmurant : « Je t'aime !
Sur mon bras laisse aller, laisse peser ton bras. »
— Vous oubliez le jour où j'ai parlé de même ;
Vous ne m'aimez donc pas?

Oh ! comme elle a levé cet œil bleu que j'adore !
Elle m'a vu dans l'ombre et me sourit, hélas !
— Que vous ai-je donc fait pour me sourire encore
Quand vous ne m'aimez pas?

Si je pouvais...

Si je pouvais aller lui dire :
« Elle est à vous et ne m'inspire
Plus rien, même plus d'amitié ;
Je n'en ai plus pour cette ingrate ;
Mais elle est pâle, délicate :
Ayez soin d'elle par pitié.

« Écoutez-moi sans jalousie,
Car l'aile de sa fantaisie
N'a fait, hélas ! que m'effleurer ;
Je sais comment sa main repousse,
Mais pour ceux qu'elle aime elle est douce :
Ne la faites jamais pleurer. »

Si je pouvais aller lui dire :
« Elle est triste et lente à sourire ;
Donnez-lui des fleurs chaque jour,
Des bluets plutôt que des roses :
C'est l'offrande des moindres choses
Qui recèle le plus d'amour. »

Je pourrais vivre avec l'idée
Qu'elle est chérie et possédée
Non par moi, mais selon mon cœur...
Méchante enfant qui m'abandonnes,
Vois le chagrin que tu me donnes :
Je ne peux rien pour ton bonheur !

Sonnet

Le vers ne nous vient pas à toute heure et partout,
Et vous ne savez pas combien l'épreuve est rude
De mener sans malheur un sonnet jusqu'au bout
Sur un feuillet d'album impitoyable et prude.

Le plus chétif poète aime à chanter debout,
Seul, et sans contenir sa jeune inquiétude
Ni dépouiller jamais la divine habitude
D'apostropher son monde et de tutoyer tout.

Laissez donc librement voler sa fantaisie,
Car, s'il veut ici-bas goûter la poésie,
Il doit, l'infortuné, la dérober aux cieux;

Mais vous, que cherchez-vous qui ne soit en vous-même?
Quand on vous offrirait le plus exquis poème,
On vous rendrait les vers qu'on a lus dans vos yeux.

Chanson de Mer

Ton sourire infini m'est cher
Comme le divin pli des ondes,
Et je te crains quand tu me grondes,
Comme la mer.

L'azur de tes grands yeux m'est cher :
C'est un lointain que je regarde
Sans cesse et sans y prendre garde,
Un ciel de mer.

Ton courage léger m'est cher :
C'est un souffle vif où ma vie
S'emplit d'aise et se fortifie,
L'air de la mer.

Enfin ton être entier m'est cher,
Toujours nouveau, toujours le même ;
O ma Néréide, je t'aime
Comme la mer !

Passion malheureuse

J'ai mal placé mon cœur, j'aime l'enfant d'un autre :
Et c'est pour m'exploiter qu'il fait le bon apôtre,
Ce petit traitre ! je le sais ;
Sa mère, quand je viens, me devine, et l'appelle,
Sentant que je suis là pour lui plus que pour elle,
Mais elle ne m'en veut jamais.

Le marmot prend alors sa voix flûtée et tendre
(Les enfants ont deux voix), et dit, sans la comprendre,
Sa fable, avec expression ;
Puis il me fait ranger des soldats sur la table,
Et m'obsède, et je trouve un plaisir ineffable
A sa gentille obsession.

Je m'y laisse duper toutes les fois : j'espère
Qu'à force de bonté je serai presque un père :
Ne dit-il pas qu'il m'aime bien ?
Mais voici tout à coup le vrai père, ô disgrâce !
L'enfant court, bat des mains, lui saute au cou, l'embrasse,
Et le pauvre oncle n'est plus rien.

Aux Tuileries

Tu les feras pleurer, enfant belle et chérie,
Tous ces bambins, hommes futurs
Qui plus tard suspendront leur jeune rêverie
Aux cils câlins de tes yeux purs.

Ils aiment de ta voix la roulade sonore,
Mais plus tard ils sentiront mieux
Ce qu'ils peuvent à peine y discerner encore,
Le timbre au charme impérieux ;

Ils touchent, sans jamais en sentir de brûlure,
Tes boucles pleines de rayons,
Dont l'or fait ressembler ta fauve chevelure
A celle des petits lions.

Ils ne devinent pas, aux jeux où tu te mêles,
Qu'en leur jetant au cou tes bras,
Rieuse, indifférente, et douce, tu décèles
Tout le mal que tu leur feras.

Tu t'exerces déjà, quand tu crois que tu joues,
En leur abandonnant ton front;
Tes lèvres ont déjà, plus faites que tes joues,
La grâce dont ils souffriront.

La Reine du Bal

Oui, je sais qu'elle est la plus belle,
La reine du bal, je le sais;
Mais je suis un vaincu rebelle,
Je ne la servirai jamais.

Que pour la contempler en face,
Patient, j'attende mon tour,
Et qu'humblement je prenne place
Au long défilé de sa cour!

Qu'après mille autres je murmure
Mon hommage à sa royauté,
Quelque fadeur, inepte injure
Du désir lâche à la beauté!

Que pour ramasser une rose
Tombée à terre de son front,
Je me précipite, et m'expose
A ne pas être le plus prompt!

Que de son sourire suprême
J'épie et dérobe ma part,
Et me vienne poster moi-même
Sur le trajet de son regard!

Que de sa chevelure blonde
J'aspire le banal parfum
Qui s'exhale pour tout le monde
Et ne fut choisi pour aucun!

Sentir dans mes bras, à la danse,
L'abandon, menteuse douceur,
Qu'inspire aux vierges la cadence,
Non la tendresse du valseur,

Pour qu'ensuite ce premier rêve,
Qui n'est encor qu'un vague émoi,
Commencé sur mon cœur, s'achève
Au gré d'un plus hardi que moi!

Jamais! non, dans cette lumière,
Devant tous, tu n'auras jamais,
Reine, l'aveu d'une âme fière,
Et la mienne est sauvage; mais...

Si tu veux savoir que je t'aime,
Qu'en te bravant j'ai succombé,
Après le bal, cette nuit même,
Quand ton sceptre sera tombé;

A l'heure où, fermant la paupière,
Sur ton lit tu te jetteras,
De peur de manquer ta prière,
Assoupie en croisant les bras ;

Où, satisfaite de ta gloire,
Mais trop lasse pour en jouir,
Tu laisseras dans ta mémoire
La fête au loin s'évanouir ;

Tandis qu'aux vitres de la chambre,
Par un ciel morne et ténébreux,
Couleront les pleurs de décembre,
Pareils aux pleurs des malheureux,

Fais ce songe : que je m'arrête,
La face au vent, les pieds dans l'eau,
Pour chercher l'ombre de ta tête
Sur la blancheur de ton rideau.

La Laide

Femmes, vous blasphémez l'amour, quand d'aventure
Un seul rebelle insulte à votre royauté.
Ah! c'est un pire affront qu'en silence elle endure
La jeune fille à qui la marâtre nature
A dénié sa gloire et son droit : la Beauté!

L'amour ne luit jamais dans l'œil qui la regarde;
Elle pourrait quitter sa mère sans périls.
La laide! on ne la voit jamais que par mégarde;
Même contre un désir sa disgrâce la garde,
Pourquoi les jeunes gens l'accompagneraient-ils?

Les jeunes gens sont fats, libertins et féroces.
La laide! Pourquoi faire et qu'en ont-ils besoin?
Ils la criblent entre eux de quolibets atroces,
Et c'est un collégien que, dans les bals de noces,
On charge de tirer cette enfant de son coin.

Pauvre fille! elle apprend que jeune elle est sans âge;
Sœur des belles et née avec les mêmes vœux,
Elle a pour ennemi de son cœur son visage,
Et, tout au plus, parmi les compliments d'usage,
Un bon vieillard lui dit qu'elle a de beaux cheveux.

Depuis que j'ai souffert d'une forme charmante,
Je voudrais de mon mal près de toi me guérir,
Enfant qui sais aimer sans jamais être amante,
Ange qui n'es qu'une âme et n'as rien qui tourmente!
Pourquoi suis-je trop jeune encor pour te chérir?

Conseil

Jeune fille, crois-moi, s'il en est temps encore,
Choisis un fiancé joyeux, à l'œil vivant,
Au pas ferme, à la voix sonore,
Qui n'aille pas rêvant.

Sois généreuse, épargne aux cœurs de se méprendre.
Au tien même, imprudente, épargne des regrets.
N'en captive pas un trop tendre,
Tu t'en repentirais.

La nature t'a faite indocile et rieuse.
Crains une âme où la tienne apprendrait le souci.
La tendresse est trop sérieuse,
Trop exigeante aussi.

Un compagnon rêveur attristerait ta vie,
Tu sentirais toujours son ombre à ton côté
Maudire la rumeur d'envie
Où marche ta beauté.

Si, mauvais oiseleur, de ses caresses frêles
Il abaissait sur toi le délicat réseau,
Comme d'un seul petit coup d'ailes
S'affranchirait l'oiseau !

Et tu ne peux savoir tout le bonheur que broie
D'un caprice enfantin le vol brusque et distrait,
Quand il arrache au cœur la proie
Que la lèvre effleurait ;

Quand l'extase, pareille à ces bulles ténues
Qu'un souffle patient et peureux allégea,
S'évanouit si près des nues
Qui s'y miraient déjà.

Sois généreuse, épargne à des songeurs crédules
Ta grâce, et de tes yeux les appels décevants :
Ils chercheraient des crépuscules
Dans ces soleils levants ;

Il leur faut une amie à s'attendrir facile,
Souple à leurs vains soupirs comme aux vents le roseau,
Dont le cœur leur soit un asile
Et les bras un berceau,

Douce, infiniment douce, indulgente aux chimères,
Inépuisable en soins calmants ou réchauffants,
Soins muets comme en ont les mères,
Car ce sont des enfants.

Il leur faut pour témoin, dans les heures d'étude,
Une âme qu'autour d'eux ils sentent se poser,
Il leur faut une solitude
Où voltige un baiser.

Jeune fille, crois-m'en, cherche qui te ressemble,
Ils sont graves ceux-là, ne choisis aucun d'eux;
Vous seriez malheureux ensemble
Bien qu'innocents tous deux.

L'Amour maternel

Fait d'héroïsme et de clémence,
Présent toujours au moindre appel,
Qui de nous peut dire où commence,
Où finit l'amour maternel?

Il n'attend pas qu'on le mérite,
Il plane en deuil sur les ingrats;
Lorsque le père déshérite,
La mère laisse ouverts ses bras;

Son crédule dévoûment reste
Quand les plus vrais nous ont menti,
Si téméraire et si modeste
Qu'il s'ignore et n'est pas senti.

Pour nous suivre il monte ou s'abîme,
A nos revers toujours égal,
Ou si profond ou si sublime
Que, sans maître, il est sans rival :

Est-il de retraite plus douce
Qu'un sein de mère, et quel abri
Recueille avec moins de secousse
Un cœur fragile endolori?

Quel est l'ami qui sans colère
Se voit pour d'autres négligé?
Qu'on méconnaît sans lui déplaire,
Si bon qu'il n'en soit qu'affligé?

Quel ami dans un précipice
Nous joint sans espoir de retour,
Et ne sent quelque sacrifice
Où la mère ne sent qu'amour?

Lequel n'espère un avantage
Des échanges de l'amitié?
Que de fois la mère partage
Et ne garde pas sa moitié!

O mère, unique Danaïde
Dont le zèle soit sans déclin,
Et qui, sans maudire le vide,
Y penche un grand cœur toujours plein!

Ce qui dure

Le présent se fait vide et triste,
O mon amie, autour de nous ;
Combien peu du passé subsiste !
Et ceux qui restent changent tous.

Nous ne voyons plus sans envie
Les yeux de vingt ans resplendir,
Et combien sont déjà sans vie
Des yeux qui nous ont vus grandir !

Que de jeunesse emporte l'heure,
Qui n'en rapporte jamais rien !
Pourtant quelque chose demeure :
Je t'aime avec mon cœur ancien.

Mon vrai cœur, celui qui s'attache
Et souffre depuis qu'il est né,
Mon cœur d'enfant, le cœur sans tache
Que ma mère m'avait donné ;

Ce cœur où plus rien ne pénètre,
D'où plus rien désormais ne sort ;
Je t'aime avec ce que mon être
A de plus fort contre la mort ;

Et s'il peut braver la mort même,
Si le meilleur de l'homme est tel
Que rien n'en périsse, je t'aime
Avec ce que j'ai d'immortel.

Invitation à la Valse

C'était une amitié simple et pourtant secrète :
J'avais sur sa parure un fraternel pouvoir,
Et quand au seuil d'un bal nous nous trouvions le soir,
J'aimais à l'arrêter devant moi toute prête.

Elle abattait sa jupe en renversant la tête,
Et consultait mes yeux comme un dernier miroir,
Puis elle me glissait un furtif : « Au revoir! »
Et belle, en souveraine, elle entrait dans la fête.

Je l'y suivais bientôt. Sur un signe connu,
Parmi les mendiants que sa malice affame,
Je m'avançais vers elle, et modeste, ingénu :

« Vous m'avez accordé cette valse, Madame ? »
J'avais l'air de prier n'importe quelle femme,
Elle me disait : « Oui, » comme au premier venu.

Prière

Ah! si vous saviez comme on pleure
De vivre seul et sans foyers,
Quelquefois devant ma demeure
Vous passeriez.

Si vous saviez ce que fait naître
Dans l'âme triste un pur regard,
Vous regarderiez ma fenêtre
Comme au hasard.

Si vous saviez quel baume apporte
Au cœur la présence d'un cœur,
Vous vous assoiriez sous ma porte
Comme une sœur.

Si vous saviez que je vous aime,
Surtout si vous saviez comment,
Vous entreriez peut-être même
Tout simplement.

Sur un Album

Elle était blanche, cette page,
Mieux valait la laisser ainsi;
Du plus innocent griffonnage
Son éclat vierge est obscurci.

Il valait mieux n'y rien écrire,
Elle était blanche, et je pouvais
Y voir seul pleurer ou sourire
Les vers amis que je rêvais;

Ces vers que vous dictiez vous-même
Y miraient en paix leur fraîcheur,
Et la page sous le poème
Ne perdait rien de sa blancheur.

C'est une étrange fantaisie
D'avoir voulu sur ce papier
Crucifier la poésie
Comme une fleur sur un herbier :

Elle n'est plus qu'une victime ;
Il ne demeure sous vos yeux
Plus rien de sa primeur intime,
Tous les vers écrits sont si vieux !

Et vous voilà bien avancée !
Vous aurez eu pour tout régal,
Au lieu d'un lis dans ma pensée,
Dans votre album un madrigal.

Éclaircie

Quand on est sous l'enchantement
D'une faveur d'amour nouvelle,
On s'en défendrait vainement,
Tout le révèle :

Comme fuit l'or entre les doigts,
Le trop-plein de bonheur qu'on sème,
Par le regard, le pas, la voix,
Crie : Elle m'aime !

Quelque chose d'aérien
Allège et soulève la vie,
Plus rien ne fait peine, et plus rien
Ne fait envie :

Les choses ont des airs contents,
On marche au hasard, l'âme en joie,
Et le visage en même temps
Rit et larmoie :

On s'oublie, aux yeux étonnés
Des enfants et des philosophes,
En grands gestes désordonnés,
En apostrophes !

La vie est bonne, on la bénit,
On rend justice à la nature !
Jusqu'au rêve de faire un nid
L'on s'aventure...

L'Éventail

C'est moi qui soumets le zéphire
A mes battements gracieux ;
O Femme, tantôt je l'attire
Plus vif et plus frais sur vos yeux ;

Tantôt je le prends au passage
Et j'en fais le tendre captif
Qui vous caresse le visage
D'un souffle lent, tiède et plaintif.

C'est moi qui porte à votre oreille
Dans un frisson de vos cheveux
Le soupir qui la rend vermeille,
Le soupir brûlant des aveux ;

C'est moi qui pour vous le provoque
Et vous aide à dissimuler
Ou votre rire qui s'en moque
Ou vos larmes qu'il fait couler.

A une Fiancée

Je vous dirai de vous, tout bas, ô jeune fille,
Le bien que ne dit pas d'une enfant sa famille :
Vous avez été bonne en vous laissant chérir,
En laissant vos regards, sans réserve et sans feinte,
Causer innocemment par leur naïve atteinte
Les peines qu'ils devaient innocemment guérir.

Les graves jeunes gens sont prompts à la tendresse :
Ils prennent le soupir que l'éventail adresse
Pour un appel d'amour sincère et généreux.
Un brin d'espoir offert sur l'aile du caprice
Leur suffit pour bénir comme une bienfaitrice
La vierge dont le rêve a voltigé sur eux.

Mais, dans vos abandons aux grâces fraternelles,
Vous sentiez que ce sont les plus douces prunelles
Qui doivent à ceux-là le plus de vérité,
Qu'il est des jeux d'enfants où le bonheur s'engage,
Et vous avez parlé le cher et doux langage
Sans avare prudence et sans témérité.

Nous allons donc, ô rare et consolante fête !
Voir entrer dans la vie un songe de poète,
Voir un cœur noble et pur s'unir à son pareil,
Voir la candeur aimer et s'épancher joyeuse,
Comme la neige, à l'aube, en fondant radieuse,
Réfléchit le baiser triomphant du soleil !

Obsession

Un mot me hante, un mot me tue.
Je l'écoute contre mon gré :
A le bannir je m'évertue,
Il me suit, toujours murmuré.

A l'ancien chant de ma nourrice
Je le mêle pour l'assoupir,
Mais, redoutable adulatrice,
La musique en fait un soupir.

Je gravis alors la montagne
Pour l'étouffer dans le grand vent.
Jusqu'au sommet il m'accompagne :
Il y devient gémissement.

Je demande à la mer sonore
De le changer en bruit de flot.
Plus plaintif et plus tendre encore,
Hélas ! il y devient sanglot...

Je tente, comme un dernier charme,
Le silence enchanté des bois ;
Mais je le sens qui devient larme
Dès qu'il a cessé d'être voix.

Ce qui pleure ou ne se peut taire,
Est-ce en moi le remords ? Oh ! non :
C'est un souvenir solitaire
Au plus lointain de l'âme... un nom.

Rien n'importe que l'Amour

Je ne sais pourquoi ma pensée
A mis dans sa lutte insensée
Avec l'âpre Inconnu, qui reste son vainqueur,
L'unique emploi, l'unique idéal de la vie,
Puisqu'il suffit qu'au monde une enfant me sourie
Pour me remplir le cœur !

Et je ne sais pourquoi j'aspire
Au stoïque et sublime empire
Que prend ta volonté, Zénon, sur la douleur :
Me rendre invulnérable ! absurde vœu, folie !
Puisqu'il suffit, hélas ! que cette enfant m'oublie
Pour me briser le cœur...

Le Pardon

Pour peu que votre image en mon âme renaisse,
Je sens bien que c'est vous que j'aime encor le mieux.
Vous avez désolé l'aube de ma jeunesse,
Je veux pourtant mourir sans oublier vos yeux.

Ni votre voix surtout, sombre et caressante,
Qui pénétrait mon cœur entre toutes les voix,
Et longtemps ma poitrine en restait frémissante
Comme un luth solitaire encore ému des doigts.

Ah! j'en connais beaucoup dont les lèvres sont belles,
Dont le front est parfait, dont le langage est doux.
Mes amis vous diront que j'ai chanté pour elles,
Ma mère vous dira que j'ai pleuré pour vous.

J'ai pleuré, mais déjà mes larmes sont plus rares;
Je sanglotais alors, je soupire aujourd'hui;
Puis bientôt viendra l'âge où les yeux sont avares,
Et ma tristesse un jour ne sera plus qu'ennui.

Oui, pour avoir brisé la fleur de ma jeunesse,
J'ai peur de vous haïr quand je deviendrai vieux.
Que toujours votre image en mon âme renaisse!
Que je pardonne à l'âme au souvenir des yeux!

Pitié tardive

Il fallait être bonne au temps où je souffrais,
Quand j'étais plus crédule et que j'avais des larmes,
Lorsque j'obéissais comme un vaincu sans armes,
Lié si follement par des serments si vrais !

Madame, en ce temps-là c'était vous que j'aimais,
J'ignorais le mensonge hallucinant des charmes.
Vous avez ébranlé mon cœur de tant d'alarmes
Que j'aurais le bonheur sans y croire jamais.

Un abîme éternel, infini, nous sépare.
Ah! le baume tardif de vos lèvres s'égare :
Plus rien ne peut fleurir qui n'ait un goût de fiel.

Adieu, laissez mon cœur dans sa tombe profonde,
Mais ne le plaignez pas, car, s'il est mort au monde,
Il a fait son suaire avec un pan du ciel.

Bienséance

Bien que sa mère fût absente,
J'entrai, n'y voyant aucun mal :
Ma visite était innocente,
Oh! plus qu'un tour de valse au bal.

Je pris sa main gaîment offerte,
Quel bonheur! mais, hélas! pourquoi
Devant la porte grande ouverte
S'assit-elle si loin de moi?

L'amitié que j'avais rêvée
Toute en mon âme refoula.
O fille trop bien élevée,
Je ne méritais pas cela :

Mon cœur, mieux que ta caméristc,
Veillait sur toi, que craignais-tu?
Devrais-tu savoir qu'il existe
D'autre garde que la vertu?

Peur de nuire

Si je n'avais peur de t'ouvrir
L'abîme où se perd ma pensée,
Si je pouvais, sans t'assombrir,
Te prendre, amie humble et sensée,
Pour fiancée,

Si mon cœur n'avait pas souffert
Des refus qui l'ont fait sauvage,
S'il n'avait, hélas! découvert
Que l'espoir d'un nid à notre âge
Est un mirage,

Je te dirais : « Viens m'apaiser,
Viens, je n'aurai l'âme assouvie
Que par ton virginal baiser ;
Enseigne au songeur qui l'envie
Ta simple vie. »

Mais il me faut demeurer seul,
Penché sur des livres moroses ;
J'ai fait ma tente d'un linceul :
Laisse-moi le fond noir des choses,
Garde les roses.

Les Rideaux

J'ai peur, ô ma voisine blonde :
Depuis sept jours, sept jours ! le temps
Qu'il faut à Dieu pour faire un monde,
Hélas ! tous les matins j'attends.

Vous étiez la gentille aurore
Qu'à mon lever je saluais.
Tous les matins j'épie encore,
Et vos rideaux restent muets.

Vous ai-je paru téméraire?
Le soupir ne dit pas l'espoir.
Suis-je trop timide au contraire?
Le regard doit oser pour voir.

Ciel! ces rideaux, joie infinie!
Les voici qui tremblent un peu
Au toucher d'une main bénie
Où semble hésiter un aveu...

Qu'à ma longue attente elle achève
De révéler votre retour!
Que ce voile qu'elle soulève
Soit la paupière de l'amour!

Deuil de Cœur

Quand je saurai qu'on vous marie,
Que vous n'avez pour vos amis
Qu'un entretien sans rêverie,
Où le soupir n'est plus permis;

Qu'après un oui réglé d'avance
Il ne nous restera de vous
Ni la fraîcheur de l'ignorance
Ni votre petit nom si doux;

Qu'il faudra vous dire : Madame,
Tandis que le maître et seigneur
Vous dira sans façon : Ma femme,
Comme un Orgon de belle humeur ;

Mû de pitié plus que d'envie,
Sur votre tombeau nuptial
Je prendrai pour toute ma vie
Le deuil de mon jeune idéal.

Lecture à Deux

Lorsque tu lis les vers, je ne les saisis pas :
C'est toi le vrai poème et le seul qui me touche.
Ensemble adorons-les, mais lisons-les tout bas;
Les vers quand tu les dis ne valent pas ta bouche.

Ta grâce en les servant les trahit à la fois :
Tes lèvres font rêver au satin des corolles,
Et dans leur souffle cher la beauté de la voix
Fait oublier au cœur la beauté des paroles.

Immortelle

La douceur de la voir m'attache seule au jour,
La douceur de l'entendre enchaîne à l'air ma vie;
Au bonheur de l'aimer je me livre et me fie,
Mais sur quel fondement repose mon amour?

Que demain, qu'aujourd'hui, sans pitié, sans retour,
A ses lèvres soudain la pâle maladie
Ravisse leur fraîcheur avec leur mélodie
Et voile ses yeux vifs et tendres tour à tour,

Aurai-je ainsi perdu ce que j'adore en elle ?
Oh ! non : ce qui pour l'âme embellit la prunelle,
C'est un rayon d'en haut ici-bas reflété.

Et, modèle incréé de toute créature,
Le Beau, dans ce qui passe attestant ce qui dure,
Imprime à la fleur même un sceau d'éternité.

Le Premier Amour

Comme un verre intact, avant l'heure
Où le remplira l'échanson,
Au plus léger coup qui l'effleure
Vibre d'un sonore frisson,

Mais pour la fugitive atteinte
N'a plus de soupir cristallin,
Et ne tressaille ni ne tinte
Sans aucun heurt dès qu'il est plein,

Le jeune cœur, vivant calice,
Frémit plaintif au moindre appel,
Avant que l'Amour le remplisse
De son généreux hydromel ;

Mais, quand cet échanson céleste
L'a, soudain, comblé jusqu'au bord,
Plus rien n'y bat pour tout le reste ;
Silencieux, il paraît mort ;

C'est qu'il peut dédaigner la terre,
Il aime ! le ciel est entré
Dans sa profondeur solitaire :
Il est immuable et sacré.

Bonté

Quand une femme est bonne, on voit luire en ses yeux
Son âme, bijou simple aux rayons précieux,
        Perle finement nuancée,
Quand une femme est bonne, un dévouement profond
Trempe son frêle corps, et sa voix se confond,
        Ruisseau clair, avec sa pensée.

Que nous nous en voulons d'avoir calomnié
Son insondable amour et de l'avoir nié
Pour un exemple d'inconstance !
Comme nous condamnons nos jugements ingrats !
Et comme avec respect nous pleurons dans ses bras
De tendresse et de repentance !

Je lui ferai des vers...

Je lui ferai des vers aimants,
Et, comme un lapidaire incliné sur sa meule
Se cache pour tailler ses plus purs diamants,
Je polirai tout bas ces vers pour elle seule,
Et nul ne les verra se former sous mon front,
Nul ne verra sur eux tomber des pleurs de femme,
Et ces choses se passeront
Hors du monde et très haut, de mon âme à son âme.

La Violette

Violette des bois, ô vivante améthyste,
Qui fêtes sans éclat le printanier réveil,
Mais sais rendre en parfums ses baisers au soleil,
Fleur dont la grâce tendre est douce à l'âme triste,

Fleur du soupir timide et du tremblant aveu,
Qui dois être cherchée et par les yeux conquise,
Des secrets ombrageux la confidente exquise,
Fleur d'espoir, de pardon, de rappel et d'adieu,

Ta nuance en douceur égale ton arome
Et mêle sans offense au deuil un peu d'azur.
Ton cœur humble au cœur simple offre un asile sûr ;
Pour toute plaie il offre à tout amour un baume.

La Charité en 1870

Comme je m'inclinais pour vous baiser la main,
Main blanche, de la race aux nobles sinécures,
Main douce à qui la rose épargne ses piqûres,
J'ai vu vos doigts teintés d'un étrange carmin.

« Est-ce un ardent reflet des rougeurs du matin ?
Pensai-je. Ont-ils plongé dans les grenades mûres,
Dans le jus du muscat ou la pourpre des mûres ?
Quelle tache en flétrit l'immaculé satin ? »

Vous les avez soustraits vivement à ma bouche.
« Ah! caprice! ai-je dit, votre cœur s'effarouche
Du salut amical qu'il a permis cent fois. »

Pardonnez-moi, ma sœur, cette méprise impie :
Mais j'ai reconnu vite à des brins de charpie
Quel baptême héroïque avait sacré vos doigts!

TABLE

Paris. — Impr. Lemerre, 6, rue des Bergers.

JEUNES FILLES

www.ingramcontent.com/pod-product-compliance
Lightning Source LLC
LaVergne TN
LVHW020327230826
846091LV00003B/795

9782019303020